青空がある

大阪「青空書房」店主90歳、
休業ポスターに込めた
人生の応援メッセージ。

さかもと けんいち

道友社

定休日に人が集まる古本屋!?

その不思議な古本屋は、大阪市の中心部、キタの繁華街にほど近い天五中崎通《てんごなかざきどおり》商店街にあります。店の名は「青空書房」。来訪者のお目当ては、店のシャッターに貼《は》り出された休業を知らせる手描きのポスターです。

店はもともと年中無休でしたが、店の主《あるじ》、坂本健一さんが体調を崩してからというもの、日曜日を定休日とすることにしました。それを知らずに訪れるお客さんに対し、せめてものお詫《わ》びにと、健一さんはポスターを描き始めました。

大阪の風物詩や四季を題材にした挿絵に添えられたメッセージ。長い人生経験から紡ぎ出される軽妙洒脱《しゃだつ》なひと言は、読む者の心に温かさや爽《さわ》やかさを残します。なかには、人生のどん底にあって心を救われたという人もいます。そんな魅力が口コミで広がり、新聞やテレビにもたびたび登場。『朝日新聞』「天声人語」欄やＮＨＫテレビ「にっぽん紀行」でも取り上げられました。

本書は、これまでに描かれたポスター数百点の中から百点を選び、一冊にまとめたものです。90歳の現役古書店主が綴《つづ》った〝人生の応援メッセージ〟、その一端をお届けいたします。

平成25年７月１日

編者

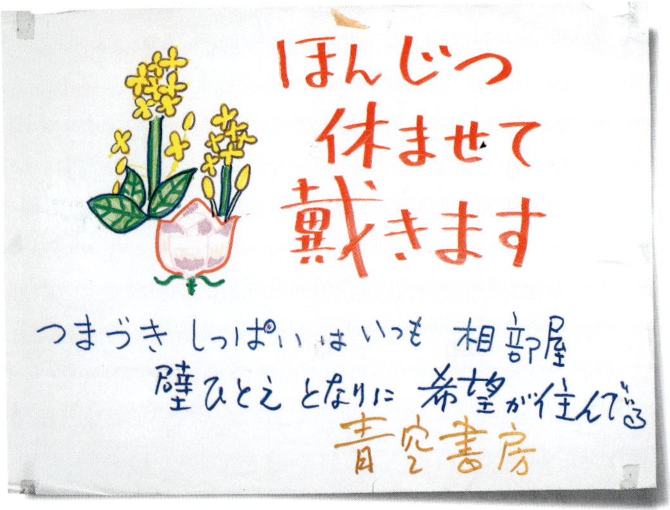
ほんじつ
休ませて
戴きます
つまづき しっぱい は いつも 相部屋
壁ひとえ となりに 希望が住んでる
青空書房

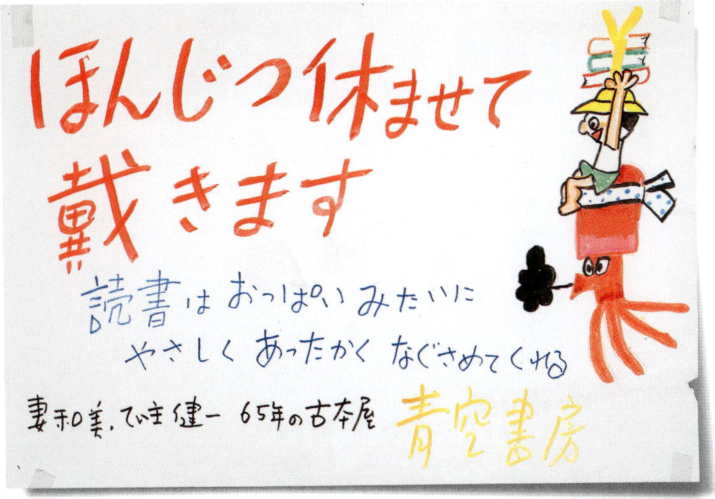
ほんじつ休ませて
戴きます
読書はおっぱいみたいに
やさしく あったかく なぐさめてくれる
妻和美、てい主 健一 65年の古本屋
青空書房

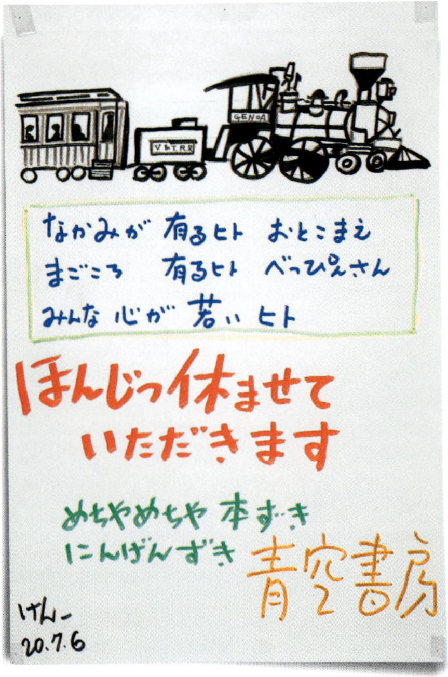
なかみが 有るヒト おとこまえ
まごころ 有るヒト べっぴんさん
みんな 心が 若い ヒト
ほんじつ休ませて
いただきます
めちゃめちゃ 本ずき
にんげんずき 青空書房
けんー
20.7.6

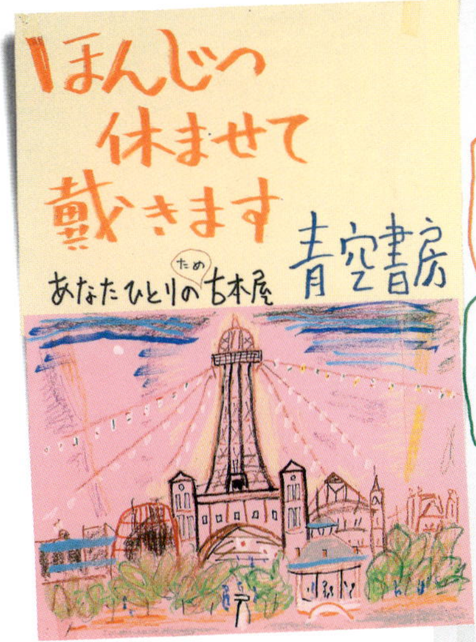
ほんじつ
休ませて
戴きます
青空書房
あなたひとりの《ため》古本屋

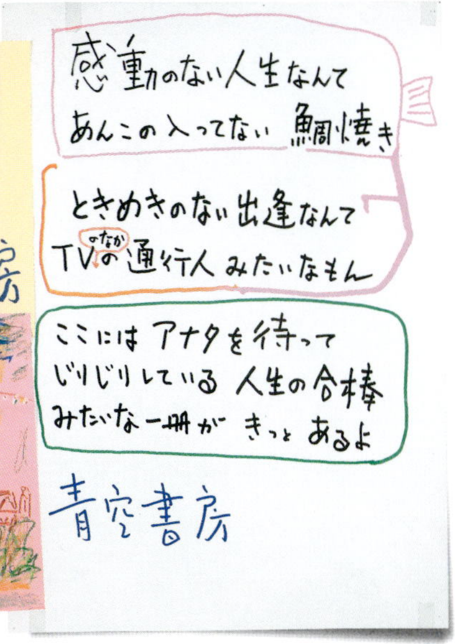
感動のない人生なんて
あんこの入ってない鯛焼き
ときめきのない出逢なんて
TV《のなか》の通行人みたいなもん
ここにはアナタを待って
じりじりしている人生の合棒
みたいな一冊がきっとあるよ
青空書房

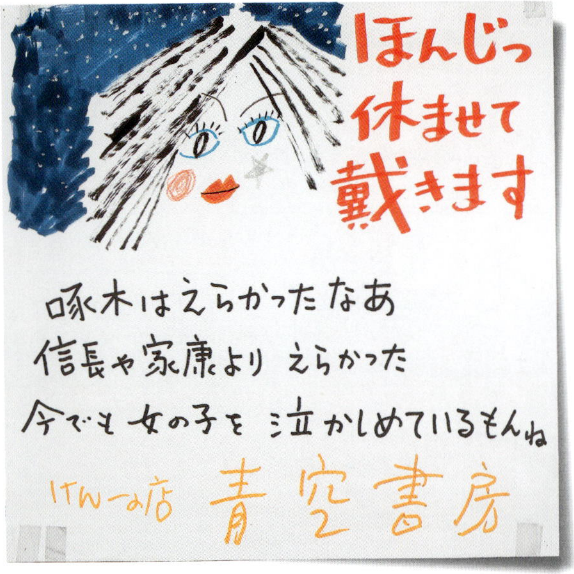
ほんじつ
休ませて
戴きます
啄木はえらかったなあ
信長や家康より えらかった
今でも女の子を 泣かしめているもんね
けん一の店 青空書房

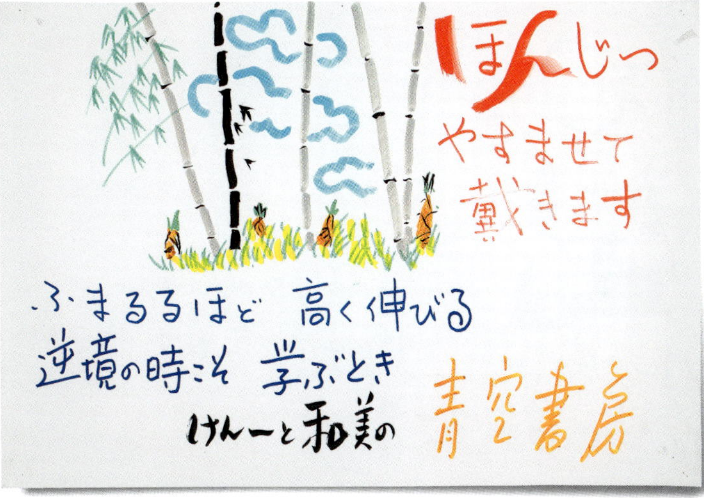
ほんじつ
やすませて
戴きます
ふまるるほど 高く伸びる
逆境の時こそ 学ぶとき
けんーと和美の
青空書房

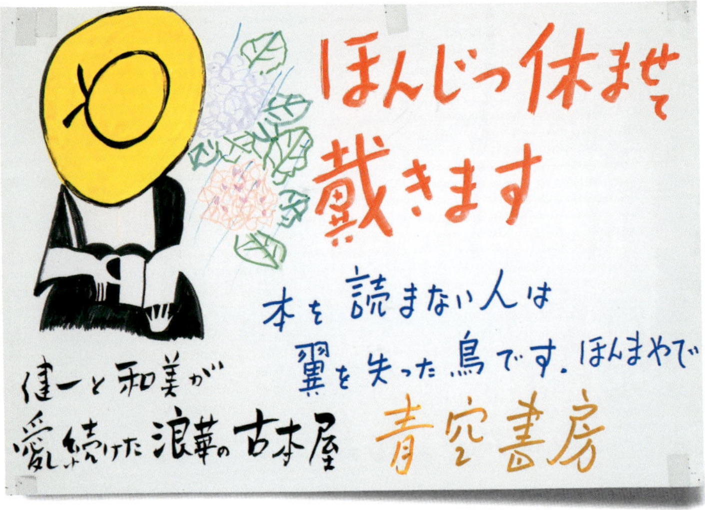
ほんじつ休ませて戴きます
本を読まない人は
翼を失った鳥です。ほんまやで
佳一と和美が
愛し続けた浪華の古本屋
青空書房

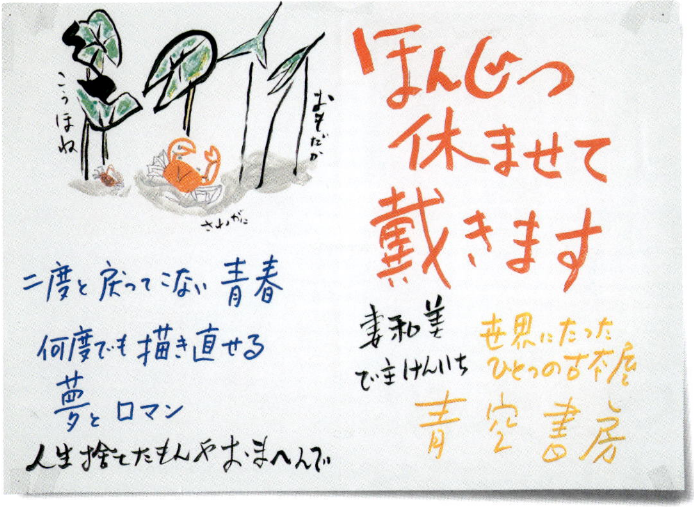
こうほね
おもだか
さわがに
ほんじつ休ませて戴きます
二度と戻ってこない青春
何度でも描き直せる
夢とロマン
人生捨てたもんやおまへんで
妻和美
でまけんいち
世界にたったひとつの古本屋
青空書房

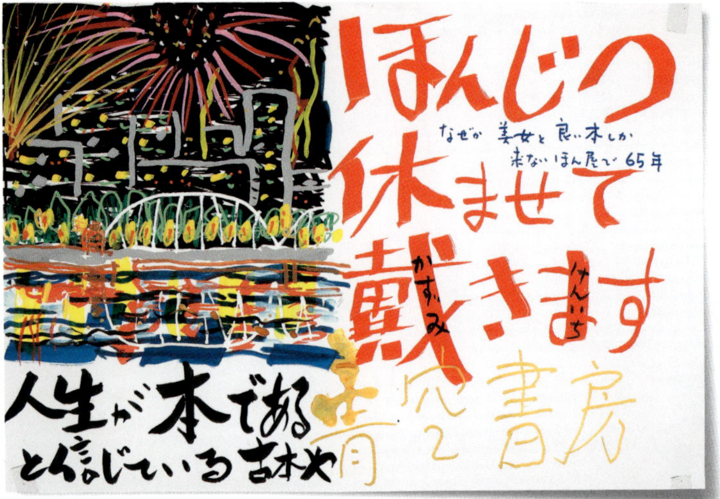
ほんじつ
休ませて
戴きます
なぜか 美女と 良い本しか
来ない ほん屋で 65年
かずみ
けんいち
青空書房
人生が本である
と信じている古本や

ほんじつ
休ませて
戴きます
志あるものにだけ
明日がある
明日へ いざなうのは
読書です
じゃんじゃん使え 減るもんじゃない
頭と智慧を読書でみがけ
和美とけんーの
古本や
青空書房

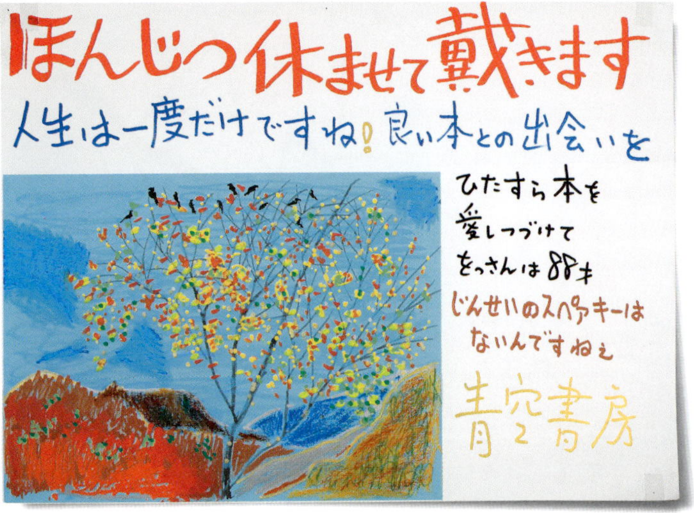
ほんじつ休ませて戴きます
人生は一度だけですね！良い本との出会いを
ひたすら本を
愛しつづけて
とっさんは88才
じんせいのスペアキーは
ないんですねえ
青空書房

読めないひとがふえました
生れて来たのに
ホント もったいない
と 思います
平成23.7.31
日曜
ほんじつ
休ませて
戴きます
けんー
かずみ
よめはんと
二人で
あるいた
65年
愚直に
ひたすらに
本に恋して
なぜか 美女と
良い本しか来ない店
青空書房
けんー

ひばり
ほんじつ休ませて
戴きます
たけぞうは姫路城の中で
万巻の書を読んで武蔵となった
君は「坊ちゃん」や「走れメロス」で
優しい大人《おとな》となる
けん一と和美のみせ
青空書房

ほんじつ休ませて戴きます

裸の王様が
そりくりかえり
「そぎやなーもの』サンチヨパンサーが
ころげ おんぼ老『驢馬』がいななく
へんちくりんな 晩秋ですね
何のこっちゃ さーぱり わからん それでよろしい

青空書房

幸せなことは 貧しいこと 挫折すること
そこが出発点 失敗したらしめたと
ころんだら掴んだと 思うことにしよう
成功はやり直し出来ないけど 失敗はとり戻せる

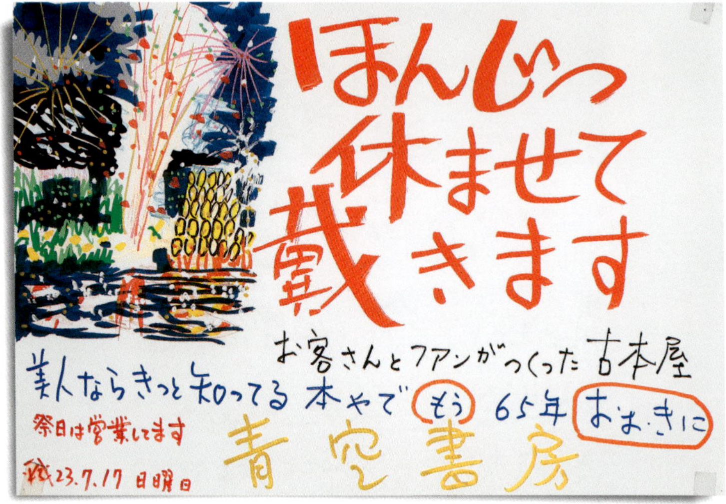

ほんじつ休ませて戴きます
お客さんとファンがつくった古本屋
美人ならきっと知ってる本やで もう 65年 おおきに
祭日は営業してます
青空書房
㍻23.7.17 日曜日

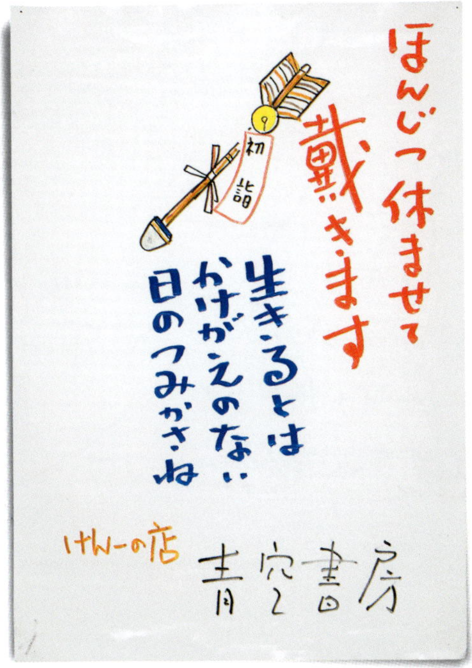
ほんじつ休ませて
戴きます
初詣
生きるとは
かけがえのない
日のつみかさね
けん一の店
青空書房

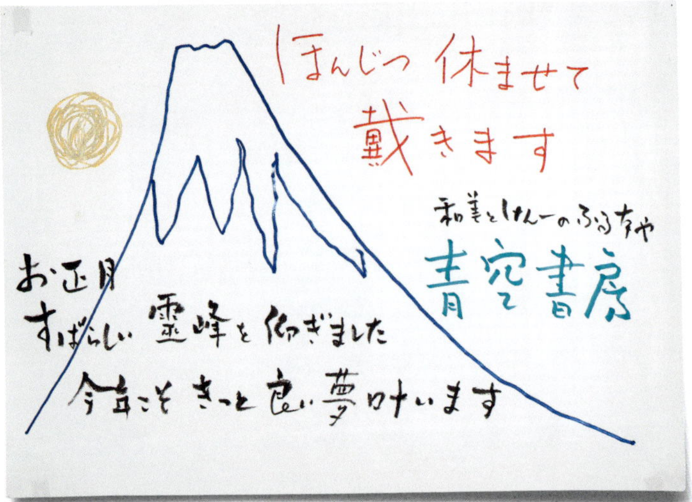
ほんじつ休ませて
戴きます
和美とけんーのふる本や
青空書房
お正月
すばらしい 霊峰を仰ぎました
今年こそ きっと良い夢叶います

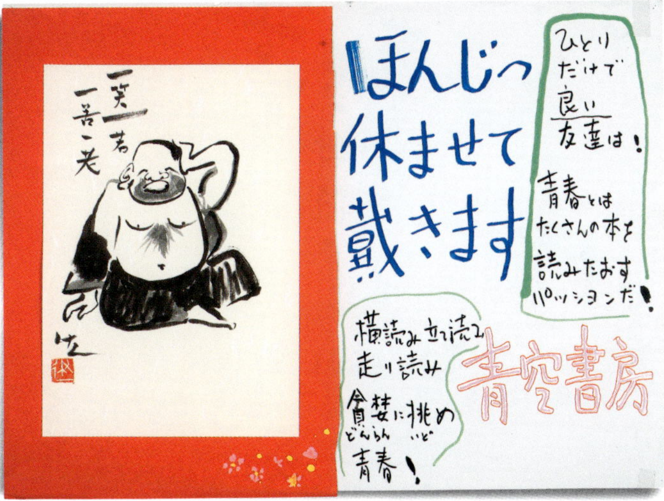
一笑一若
一怒一老
ほんじつ
休ませて
戴きます
ひとりだけで良い友達は！
青春とはたくさんの本を読みたおすパッションだ！
横読み 立て読み
走り読み
貪婪《どんらん》に挑《いど》め
青春！
青空書房

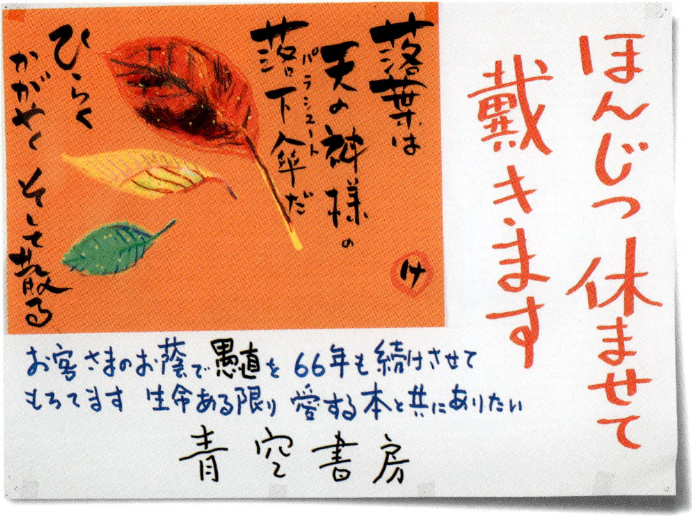
ほんじつ休ませて戴きます
落葉は
天の神様の
落下傘《パラシュート》だ
ひらく
かがやく
そして散る
け
お客さまのお蔭で愚直を66年も続けさせて
もろてます 生命ある限り愛する本と共にありたい
青空書房

ほんじつ休ませて
戴きます
失っていたもの見つけよう
なくしてならない こころです
人生をあなたと語りつづけて
青空書房

ほんじつ
休ませて
戴きます
限りある
人生を三倍
楽しむ読書
青空書房
白狐人形（山口）
獅子冠
筑後
はだか雛（大阪）

ほんじつ
ふしぎなみせです
休ませて
美女とよい本しか来ないのです
戴きます
かずみ
23.8.7.
青空書房
生命滴る季節です
元気をだして本を読もう
本が 生命を伸ばします

ほんじつ
休ませて
戴きます
失いたくない言葉と心が有る
正義と純情（殉情）
青空書房
けん一と和美のみせ
九十歳の青春を生きる

理想を捨てない限り
人は老いない
ここには あなたを
待っている一冊が在る
ほんじつ休ませて戴きます
青空書房

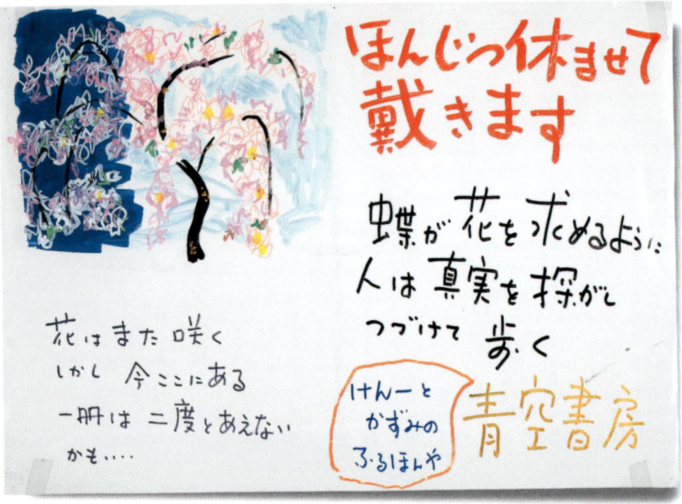
ほんじつ休ませて
戴きます
蝶が花を求めるように
人は真実を探がし
つづけて歩く
花はまた咲く
しかし 今ここにある
一冊は 二度とあえない
かも….
けんーと
かずみの
ふるほんや
青空書房

いのちと にらめっこ
ここまで きました 88才
あしたまた お目にかかり
たくて わくわくして います

ほんじつ 休ませて戴きます

いのちとは なんでしょう

あなたと出逢うこと そして 一冊の本との出会い

青空書房

まっすぐ歩きたい そうわ
いかない よのなか
だから こまるのですよね

ほんじっ休ませて
戴きます
空が高くなって来ました
志の旗立てる時です
本を読んで パワーアップ
青空書房
美しい心のひとと良い本しか来ない
不思議な店で65年!
一冊一冊に真心をパッケージして売ってます

薔薇はきっと咲く
激しい風雨のあとで
ほんじつ休ませて戴きます
本に けんめい
けんいちの店
青空書房

ほんじつ
休ませて
戴きます

和美 けんー

今週もまた人と本との
よき出会い
ありがとうございました

二度とない人生 大切なひととき
あなたに会い この本にめぐりあい うれし

青空書房

23.8.28

けんー

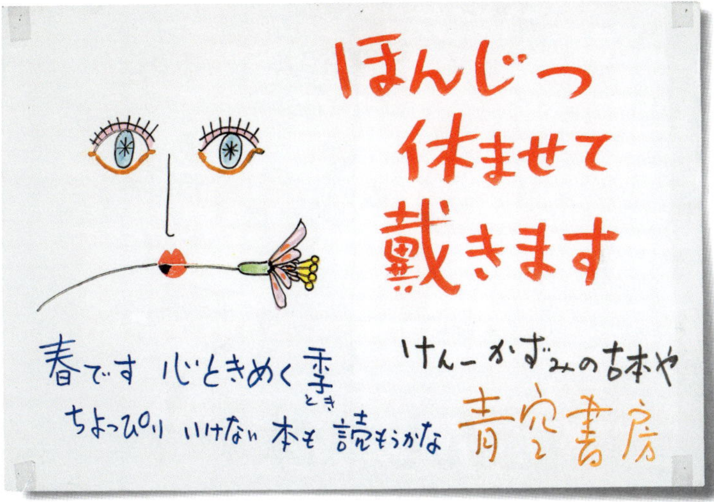
ほんじつ
休ませて
戴きます
春です 心ときめく季《とき》
ちょっぴり いけない本も 読もうかな
けんーかずみの古本や
青空書房

桃太郎はマルコポーロの「東方見聞録」を読み
金時は「イソップを」愛読していた…故事録より
栃木県堀米
桃太郎セット
日本一
けん一
ほんじつ休ませて戴きます
青空書房

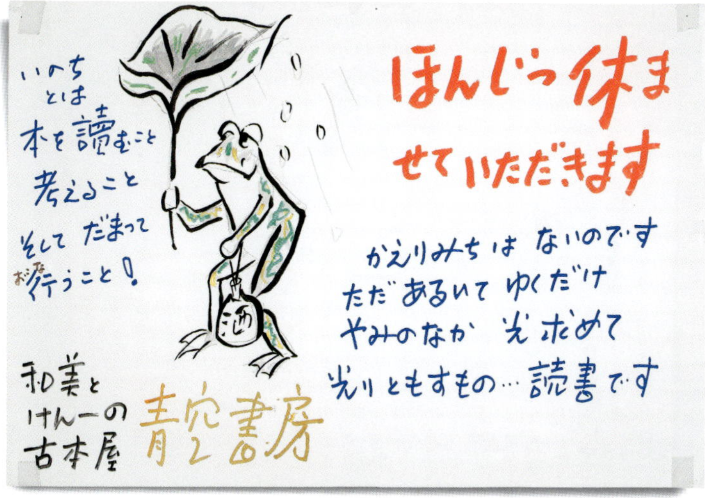

いのち
とは
本を讀むこと
考えること
そして だまって
行《おこな》うこと！
ほんじつ休ま
せていただきます
かえりみちは ないのです
ただ あるいて ゆくだけ
やみのなか 光求めて
光りともすもの…読書です
和美と
けんーの
古本屋
青空書房

ほんじつ
休ませて
戴きます
青空書房
一冊との出合
ひとりの出逢い
地球の上でたった一ぺん

ほんじつ
休ませて
戴きます
本のない人生なんて
鍵盤のないピアノ
みたいな そんですよ
青空書房

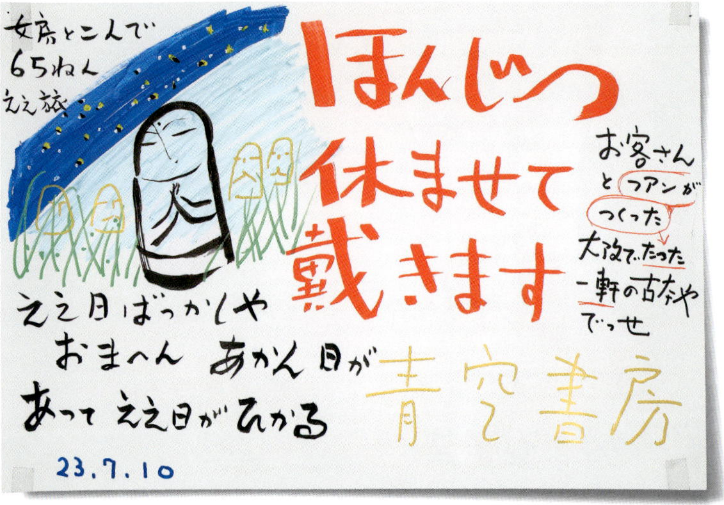
女房と二人で
65ねん
ええ旅
ほんじつ
休ませて
戴きます
お客さん
とフアンが
つくった
大阪でたった
一軒の古本や
でっせ
ええ日ばっかしや
おまへん あかん日が
あって ええ日がひかる
青空書房
23.7.10

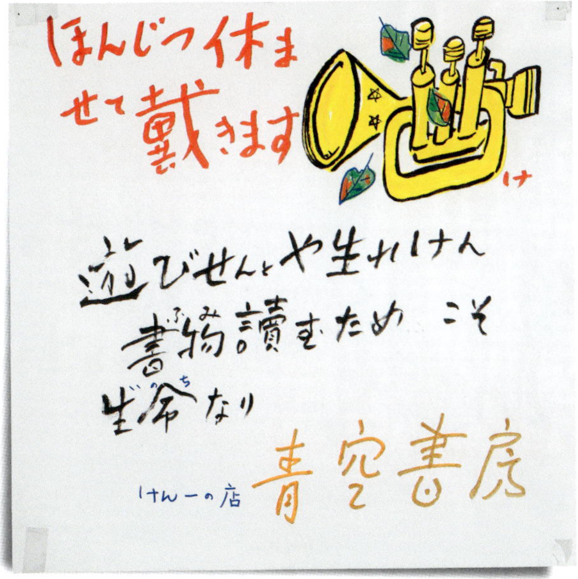
ほんじつ休ませて戴きます
け
遊びせんとや生れけん
書物《ふみ》読むため…こそ
生命《いのち》なり
けん一の店 青空書房

ほんじつ休ませて
戴きます
男は理想だ志だ
くじけず をくせず
ひるまず 堂々と生きよう
和美とけんーの 古本屋人生63年
青空書房

ほんじつ 休ませて戴きます
おおきに
愛されて頼りにされて65年
青空書房

ほんじつ
休ませて
戴きます
女房和美と65年続けて来ました
お客様のお蔭です
ホントにホントに有がとう
青空書房
読書は頭のごはんです
一冊の本から あなたの
人生が築かれます…そんなこともありーの

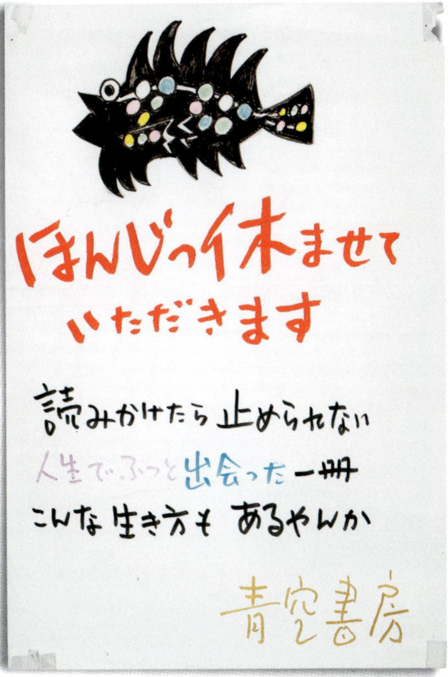
ほんじつ休ませて
いただきます
読みかけたら 止められない
人生で ふっと出会った一冊
こんな 生き方も あるやんか
青空書房

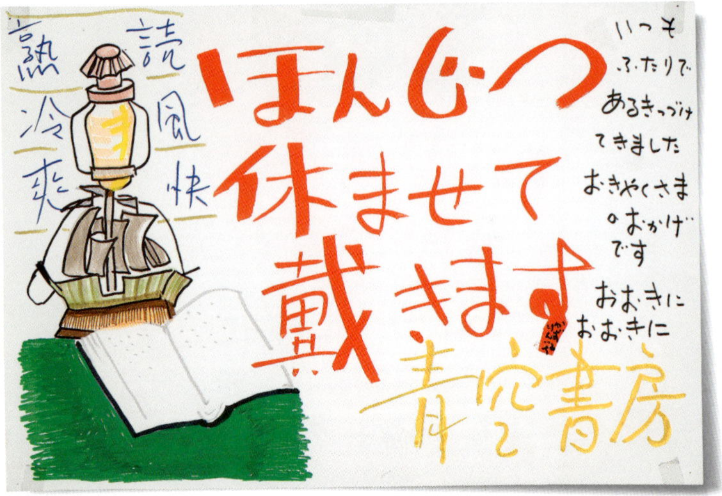
ほんじつ
休ませて
戴きます♪
いつも
ふたりで
あるきつづけてきました
おきゃくさまのおかげです
おおきに
おおきに
青空書房

ほんじつ
休ませて
戴きます
平成23年 12月25日
青空書房
サンタさんは困っています
煙突がないだけではなく きらきら光っているのは
人工《じんこう》のイルミネーション…… 燐寸《まっち》売りの少女の 悲しいけれど やさくあたたかい
心がとてもとても少なくなっているからです　メルヘンはどこえ行ったのでしょうね
サンタさんは ほんと困ってます

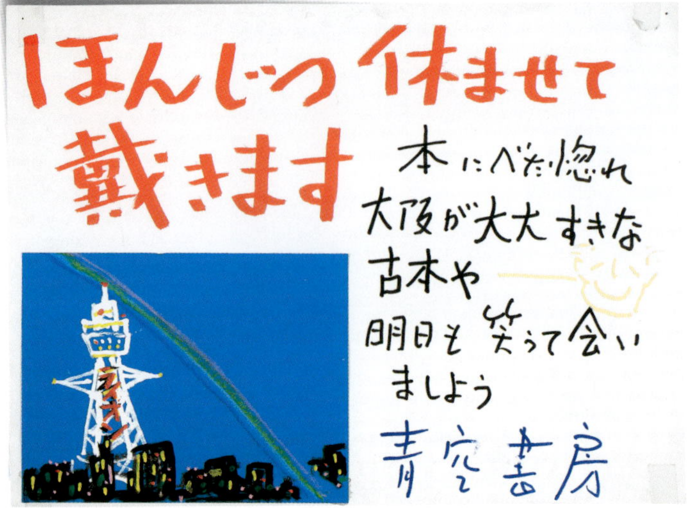
ほんじつ休ませて戴きます
本にべた惚れ
大阪が大大すきな
古本や
明日も笑って会いましょう
青空書房

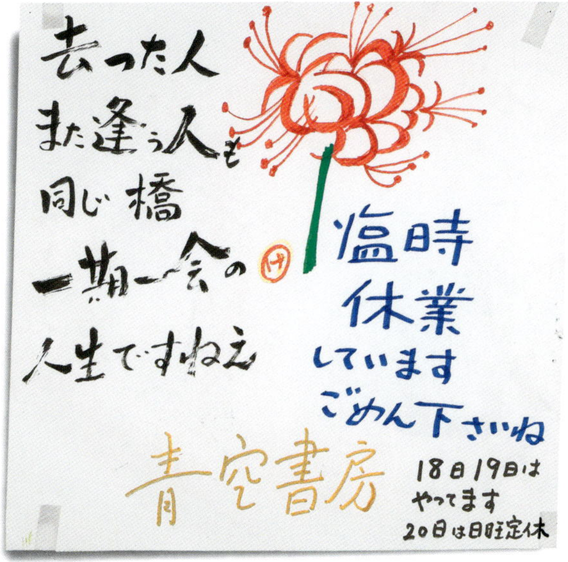
去った人
また逢う人も
同じ橋
一期一会の
人生ですねえ
臨時
休業
しています
ごめん下さいね
青空書房
18日19日は
やってます
20日は日曜定休

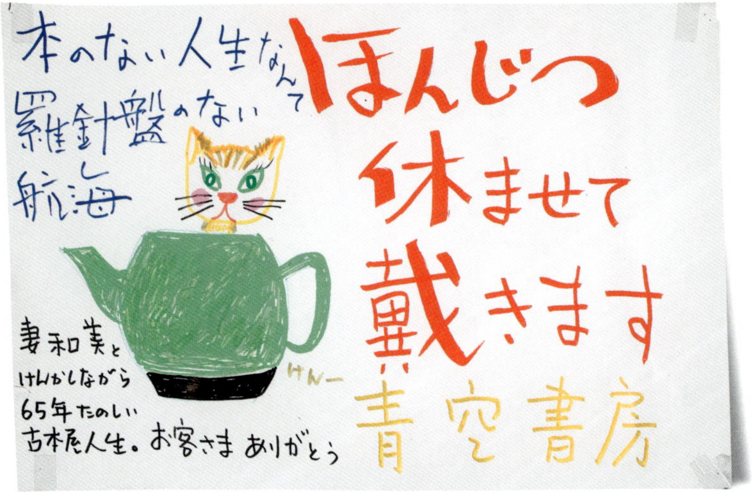
本のない人生なんて
羅針盤のない航海
ほんじつ
休ませて
戴きます
妻和美と
けんかしながら
65年たのしい
古本屋人生。お客さま ありがとう
けんー
青空書房

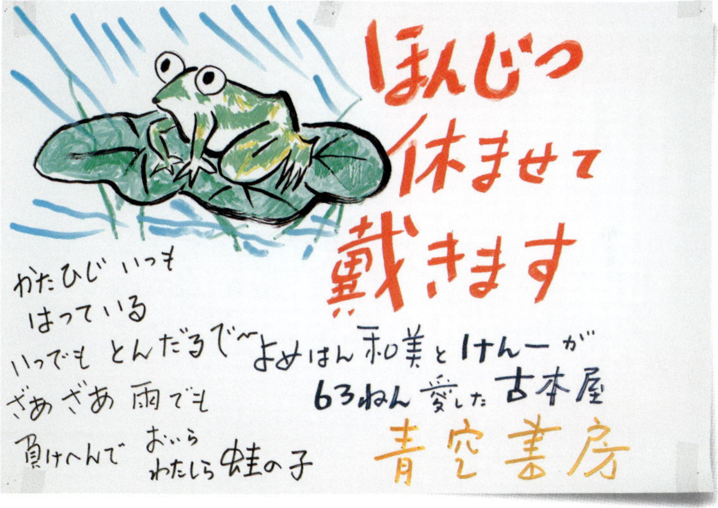
ほんじつ
休ませて
戴きます
かたひじ いつも
はっている
いつでも とんだるで〜
ざあざあ 雨でも
負けへんで おいら
わたしら 蛙の子
よめはん和美とけんーが
63ねん 愛した 古本屋
青空書房

安産
腰痛除
魔除足止
こま犬
住吉大社のお守り人形
ほんじつ休ませて
戴きます
躓《つまづ》くことは良いことかも
流す涙が多いほど
人生が深くなるから
読書人がやってる店
青空書房

ほんじつ
やすませて
戴きます
生きるとは学ぶこと
恋をすること
本読むこと
のもの
たった一度の人生です お好きにしやれ
青空書房

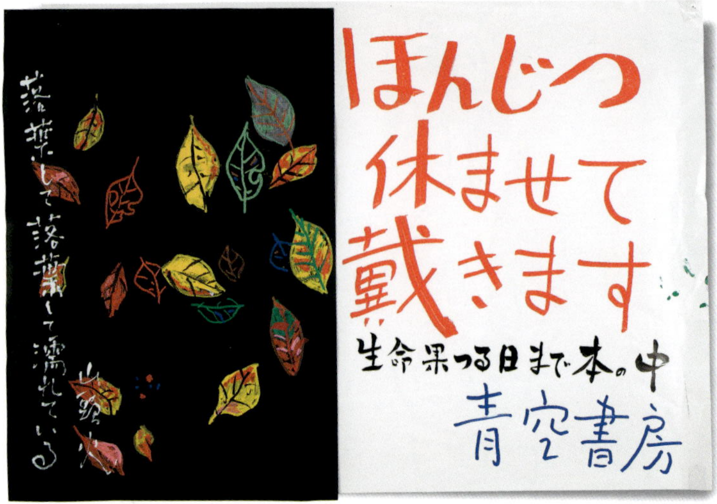
落葉して落葉して濡れている
ほんじつ
休ませて
戴きます
生命果つる日まで本の中
青空書房

ほんじつ
休ませて
戴きます
古本屋エッセイ
ぎっこんばったん
発売中
和美とけん一の店
青空書房
星は何でも知っている
ゆうべ あの娘が泣いたのは
きっとリルケの詩集です
いいえ啄木ですよ キット

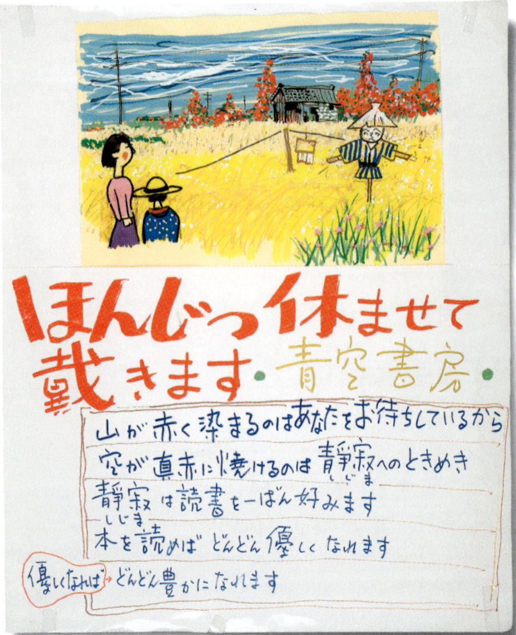
ほんじつ休ませて戴きます
・青空書房・
山が赤く染まるのはあなたをお待ちしているから
空が真赤に燒けるのは静寂《しじま》へのときめき
静寂《しじま》は読書を一ばん好みます
本を読めば どんどん優しくなれます
優しくなれば→どんどん豊かになれます

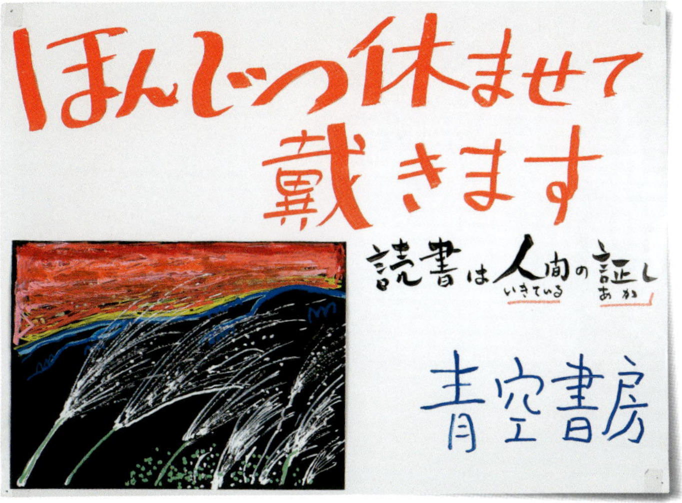
ほんじつ休ませて
戴きます
読書は人間《いきている》の証《あか》し
青空書房

この指にとまれ

けん一

負けたやっ
ころんだやっ
失恋したやっ

くやしさ
かなしさ
いとほしさ

みんなくあったかい
みんなくやさしいんだ
この指たかって押しくらまんじゅう

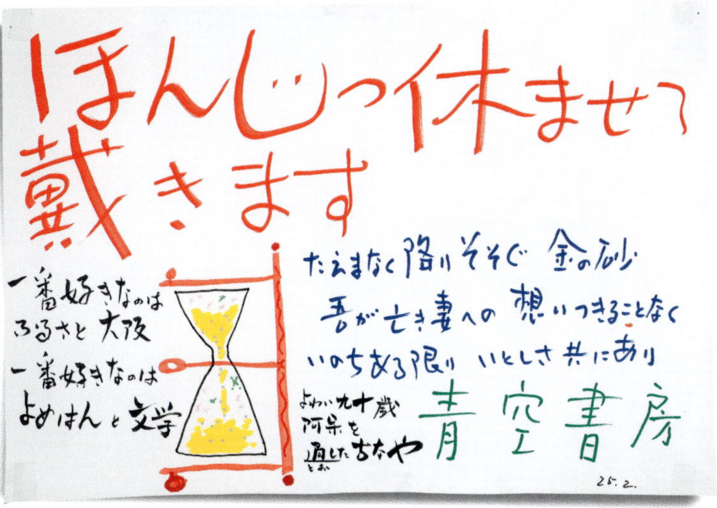
ほんじつ休ませて戴きます
一番好きなのは
ふるさと大阪
一番好きなのは
よめはんと文学
たえまなく降りそそぐ金の砂
吾が亡き妻への想いつきることなく
いのちある限り いとしさ共にあり
よわい九十歳
阿呆を
通《とお》した古本や
青空書房
25.2.

ほんじつ
休ませて
戴きます
生命の泉は渇れるかも
智慧の泉は尽きない
文学は人生の美味
和美とけんーの
小さな古本屋
青空書房

ほんじつ
休ませて
戴きます
夢を捨てたら あきまへん
゛.エンド まで 勉強です
和美とけんーの店 古本や 青空書房

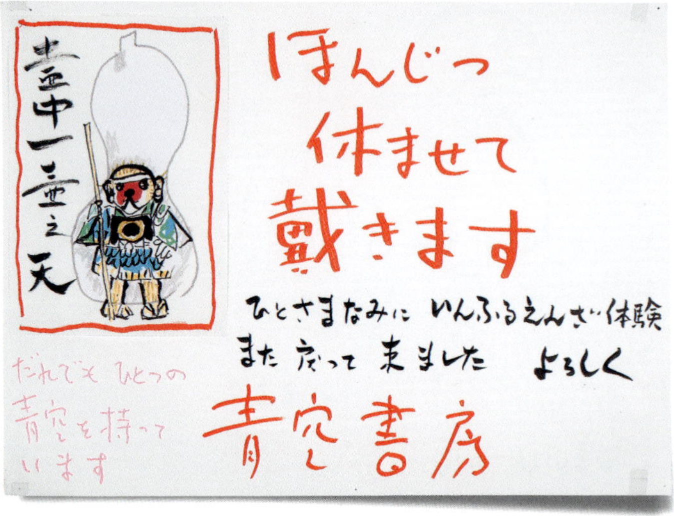
壺中一壺之天
ほんじつ
休ませて
戴きます
ひとさまなみに いんふるえんざ体験
また 戻って 来ました よろしく
青空書房
だれでも ひとつの
青空を持って
います

ほんじつ
休ませて
戴きます
和美とけんいちの
ふるほんや
青空書房
春です
萌え出ずる春
人生のジャンプ台は
読書です

ほんじつ
休ませて
戴きます
志あるものにだけ
明日がある
明日へ いざなうのは
読書です
じゃんじゃん使え 減るもんじゃな
頭と智慧を読書でみがけ
和美とけん一の
古本や
青空書房

本読むことは
自己への投資
ほんじつ
休ませて
戴きます
啄木や鴎外
芥川や漱石
の方が 信長
や 秀吉より
ずっと えらい
彼らは涙を
知っているから
青空書房
けん一の店

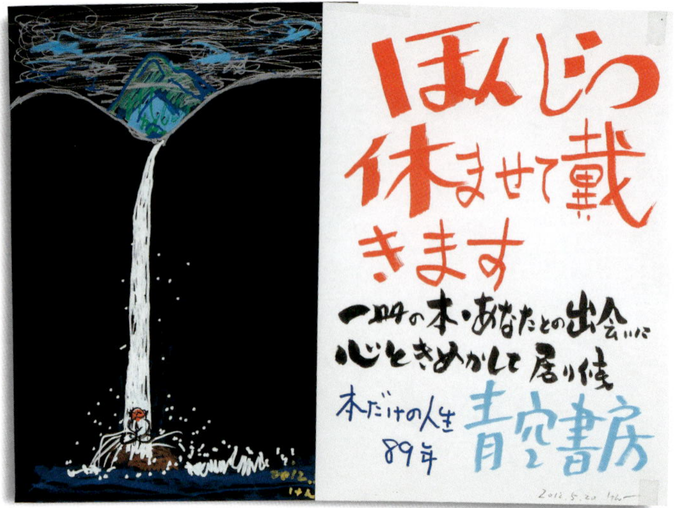
ほんじつ
休ませて戴きます
一冊の本・あなたとの出会いに
心ときめかして居り候
本だけの人生
89年
青空書房
2012.5.20

ほんじつ休ませて戴きます
思索と瞑想、本が恋人の季《とき》
青空書房

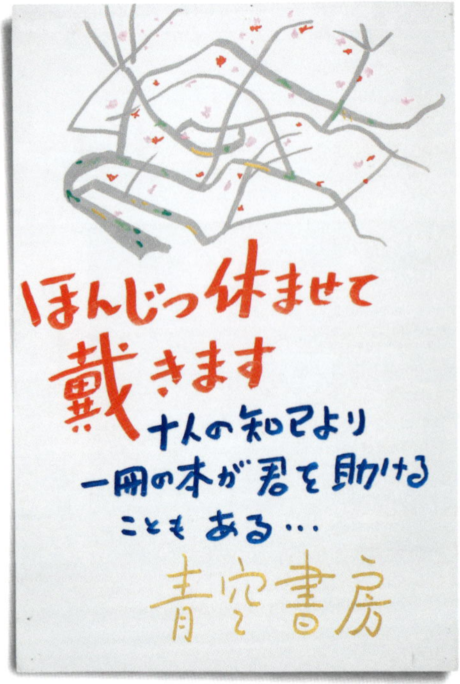
ほんじつ休ませて
戴きます
十人の知己より
一冊の本が君を助ける
こともある…
青空書房

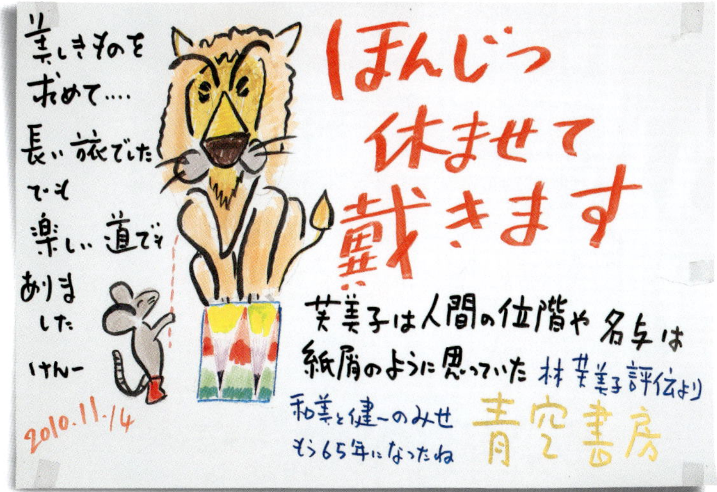
美しきものを
求めて....
長い旅でした
でも
楽しい道でも
ありました
けんー
2010.11.14
ほんじつ
休ませて
戴きます
芙美子は人間の位階や名与は
紙屑のように思っていた 林芙美子評伝より
和美と健一のみせ
もう65年になったね
青空書房

ほんじつ休ませて
戴きます
一冊は一つの人生 三冊読めば三倍の
人生に会う 読書は生きた証し
本は生きてます・青空書房

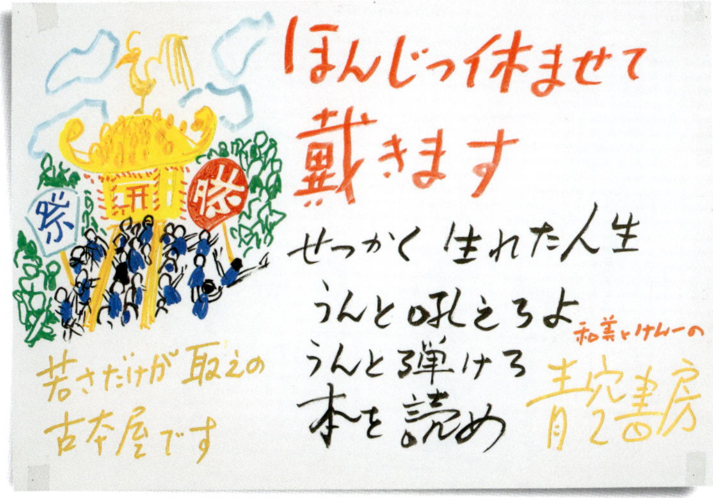
ほんじつ休ませて
戴きます
せっかく生れた人生
うんと吼えろよ
うんと弾けろ
本を読め
和美とけんーの
青空書房
若さだけが取えの
古本屋です
祭

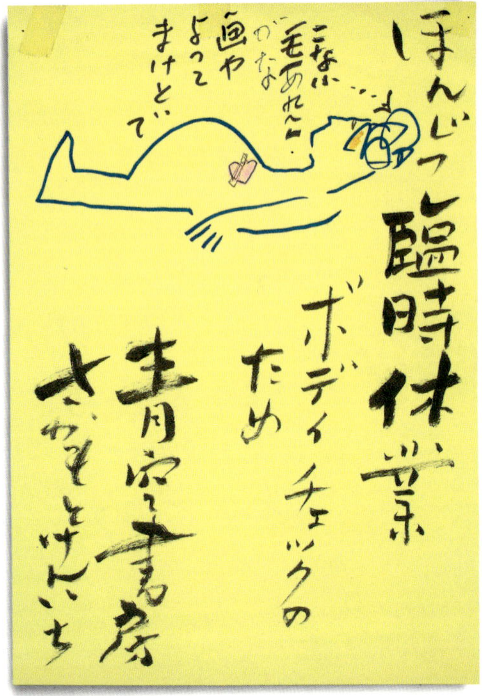
ほんじつ
臨時休業
ボディチェックのため
青空書房
さかもとけんいち
こなな毛あれへん…
がな
画や
よって
まけとい
て

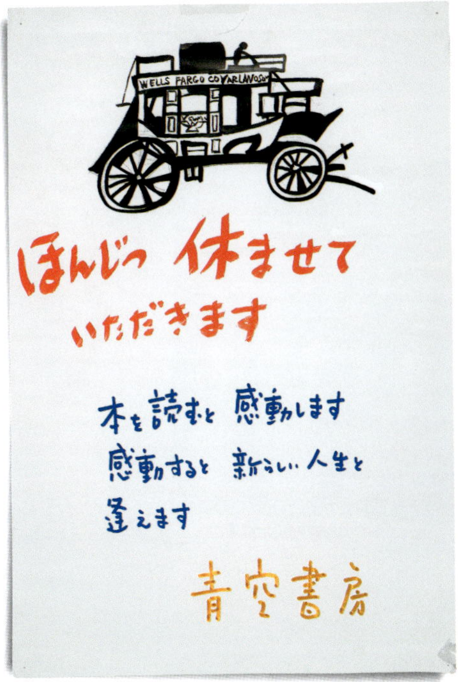
WELLS FARGO CO
ほんじつ 休ませて
いただきます
本を読むと 感動します
感動すると 新らしい 人生と
逢えます
青空書房

こころのほんやです
ほんじつ
本にいのちをかけています
休ませて
一冊でも
良い本を
あなたに届けたい。
和美
けんいち
戴きます
青空書房
ほんまもんみたかったらここえ…
いのちのほんやです

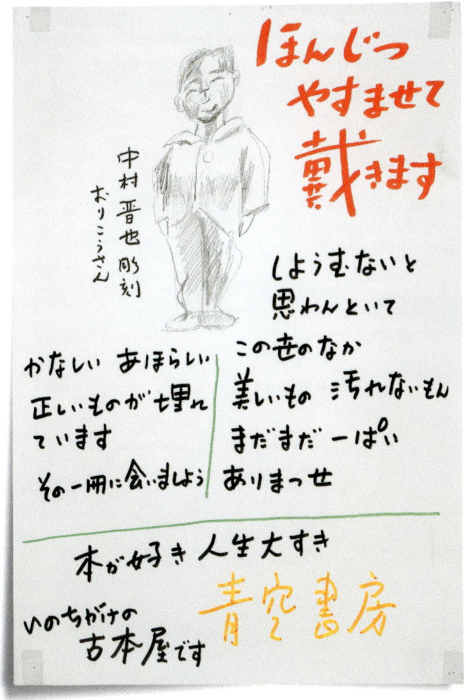
ほんじつ
やすませて
戴きます
中村晋也彫刻
おりこうさん
しようもないと
思わんといて
この世のなか
美しいもの 汚れないもん
まだまだ一ぱい
ありまっせ
かなしい あほらしい
正しいものが埋れ
ています
その一冊に会いましょう
本が好き 人生大すき
いのちがけの
古本屋です
青空書房

ほんじつ休ませて戴きます
空が限りなく高い
懐しいひとびとが
帰ってくるときです
その分 空が輕
くなって 遠くなります
——けんいち
青空書房

けん一
ほんじつ
休ませて
戴きます
ぶきようでもいい
まーすぐが良い
青空書房

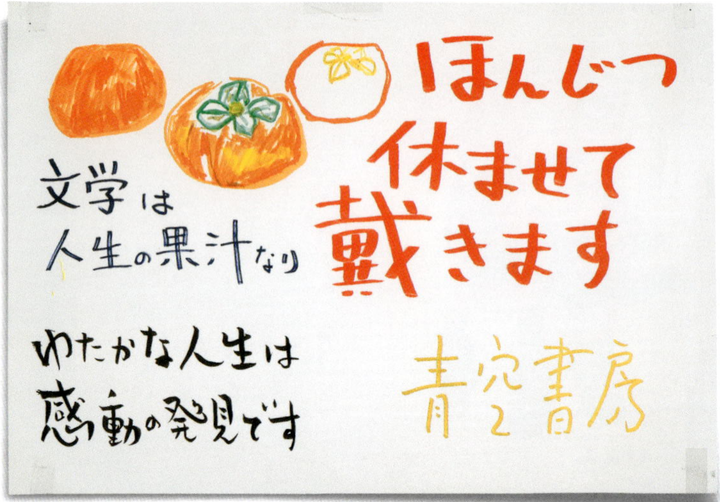
ほんじつ
休ませて
戴きます
文学は
人生の果汁なり
ゆたかな人生は
感動の発見です
青空書房

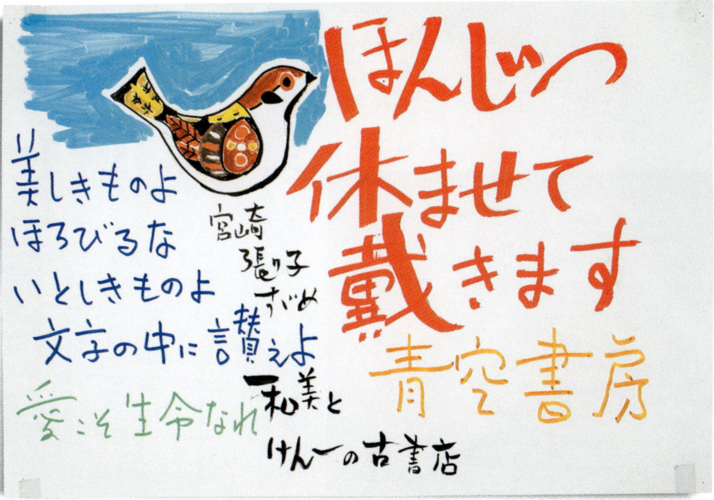
ほんじつ
休ませて
戴きます
青空書房
美しきものよ
ほろびるな
いとしきものよ
文字の中に讃えよ
愛こそ生命なれ
宮崎
張り子
すずめ
和美と
けん一の古書店

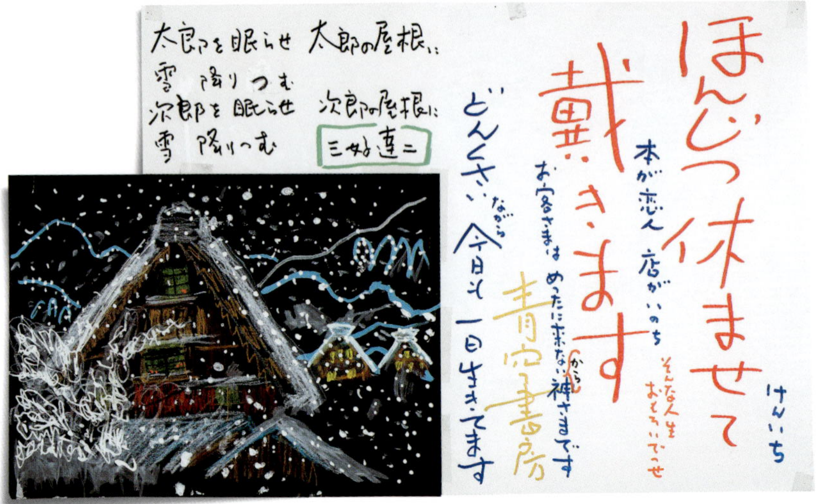

太郎を眠らせ 太郎の屋根に
雪降りつむ
次郎を眠らせ 次郎の屋根に
雪降りつむ
三好達二
けんいち
ほんじつ休ませて
戴きます
そんな人生おもろいでっせ
本が恋人 店がいのち
お客さまは めったに来ないから神さまです
青空書房
どんくさいながら今日も一日生きてます

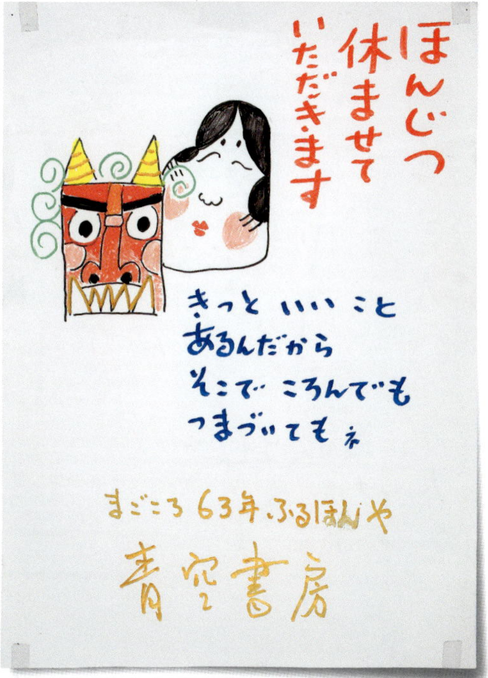
ほんじつ
休ませて
いただきます
きっと いい こと
あるんだから
そこで ころんでも
つまづいてもネ
まごころ63年 ふるほんや
青空書房

人は人のために生きてこそ人という
ほんじつ休ませて戴きます
和美とけんーの本やです
青空書房
たった一度の人生です
人にも本にもたった一度の出会いです

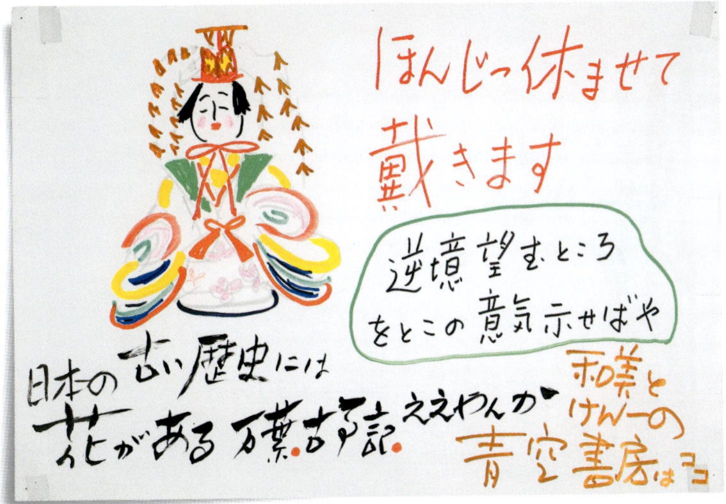
ほんじつ休ませて
戴きます
逆境望むところ
をとこの意気示せばや
日本の古い歴史には
花がある 万葉・古事記・ええやんか
和漢と
けんーの
青空書房はココ

ほんじつ休み
困ったときは
空を見よう
そこに答えがきっとあるよ
青空書房
けんー
平.24.10.7

ほんじつ休ませて戴きます
生命燃ゆる読書の秋
青空書房
一回っ切りの人生
一冊とのすばらしい出逢い

にんげんて 強くなくて
いいんだよ
ほんじつ
休ませて戴きます
人間は転んだ数ほど
強くなる
青空書房
やさしくあれば
最高だよね

ほんじつ
休ませて
戴きます
青空書房
跳ぶ 飛ぶ 翔ぶ
読書は人生への跳躍台

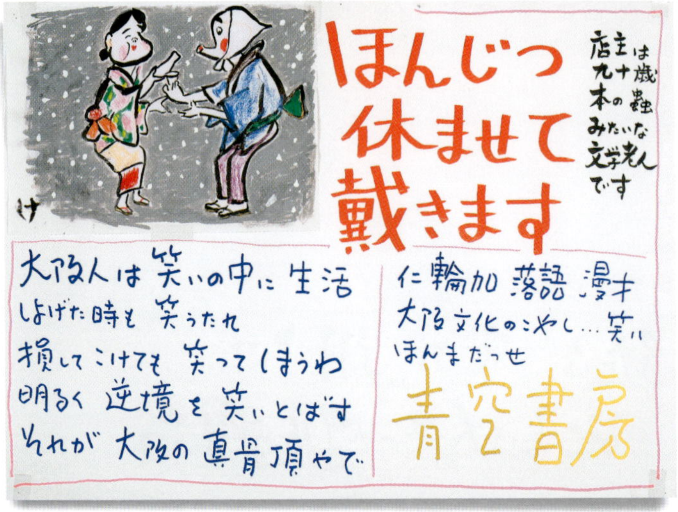
ほんじつ休ませて戴きます
店主は九十歳 本の蟲みたいな文学老人です
大阪人は笑いの中に生活
しょげた時も笑うたれ
損してこけても笑ってしまうわ
明るく逆境を笑いとばす
それが大阪の真骨頂やで
仁輪加 落語 漫才
大阪文化のこやし…笑い
ほんまだっせ
青空書房

ほんじつ
休ませて
戴きます
夢を培うもの それは本ですよ
青空書房

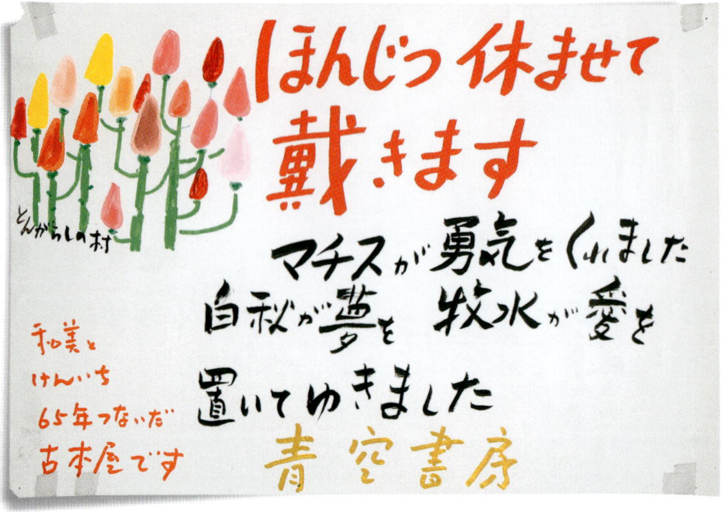
ほんじつ休ませて
戴きます
とんがらしの村
マチスが勇気をくれました
白秋が夢を　牧水が愛を
置いてゆきました
和美と
けんいち
65年つないだ
古本屋です
青空書房

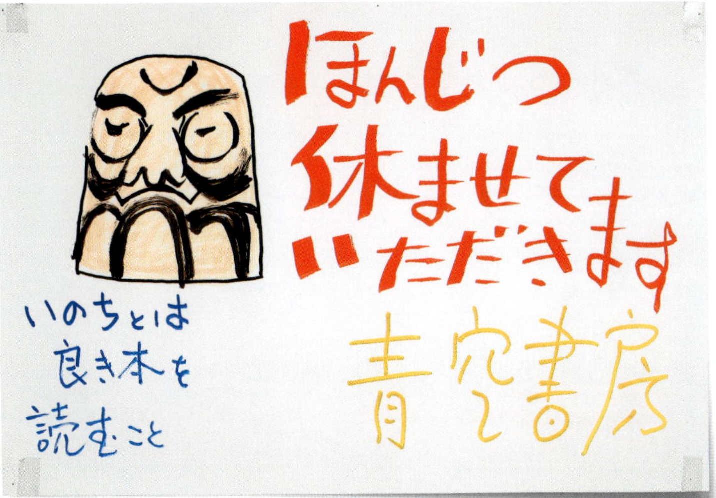
ほんじつ休ませていただきます
いのちとは良き本を読むこと
青空書房

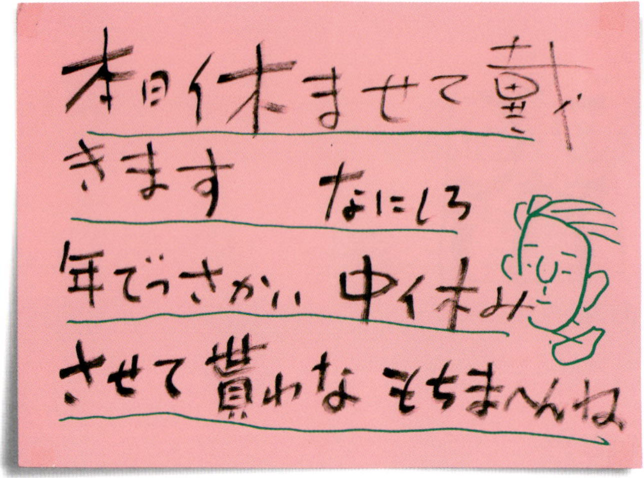
本日休ませて戴
きます　なにしろ
年でっさかい　中休み
させて貰わな　もちまへんね

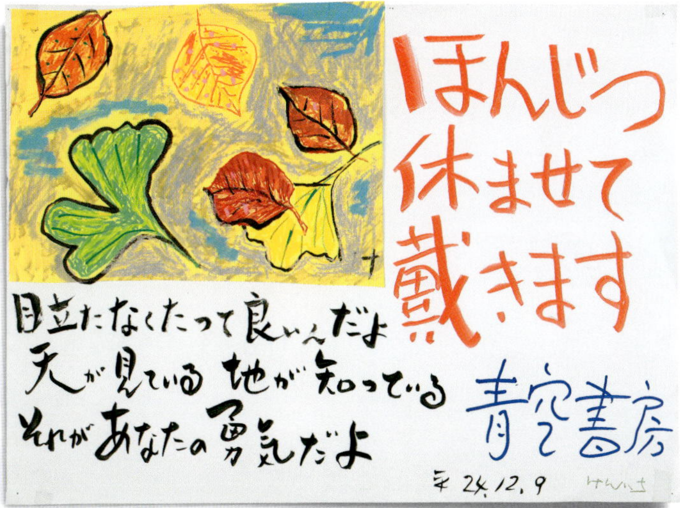
ほんじつ休ませて戴きます
目立たなくたって良いんだよ
天が見ている 地が知っている
それがあなたの勇気だよ
青空書房
平24.12.9

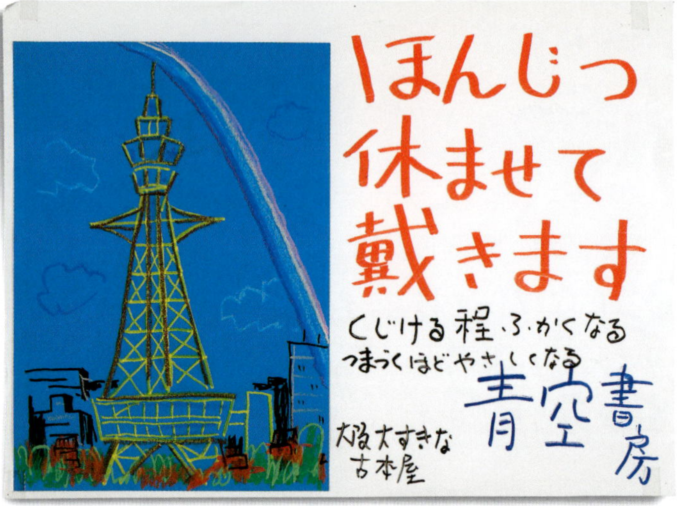

ほんじつ
休ませて
戴きます
くじける程ふかくなる
つまづくほどやさしくなる
青空書房
大阪大すきな
古本屋

ほんじつ休ませて
戴きます
誰だって頭のうしろは
見えません それを見せて
くれるのは 本を読むこと
妻・和美 主《てい》・けんー 63年の本《ふる》や
青空書房

ほんじつ
休ませて
戴きます
本が 人を待ってます
人が 本を待ってます
人と本との
ここが ランデヴースポット
青空書房

秋深かし
書を読み その思う
ひとこそ美し
ほんじつ休ませて戴きます
和美とけんいちのふる本や
青空書房

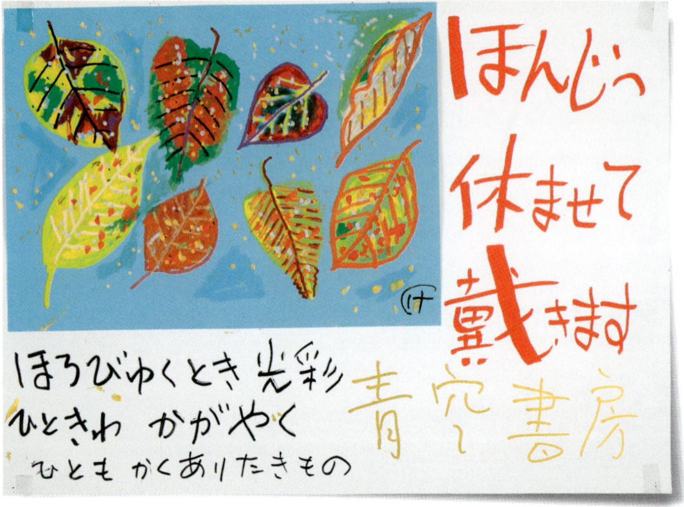
ほんじつ
休ませて
戴きます
青空書房
ほろびゆくとき 光彩
ひときわ かがやく
ひとも かくありたきもの
け

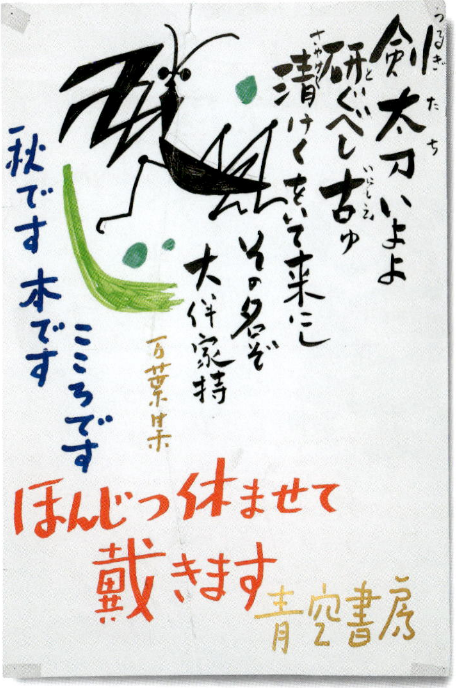

剣《つるぎ》太刀《たち》いよよ
研《と》ぐべし古《いにしえ》ゆ
清《さやけ》けくをいて来にし
その名ぞ
大伴家持
万葉集
秋です
本です
こころです
ほんじつ休ませて
戴きます
青空書房

熊本から応援に
駆けつけた
ほんじつ
休ませて
戴きます
大阪に生れ 90年
古本一すじ 文学ええもん
大阪ええとこ やさしいとこ
お客さまとファンがつくってそだてた
大阪名物のふるほんや
青空書房

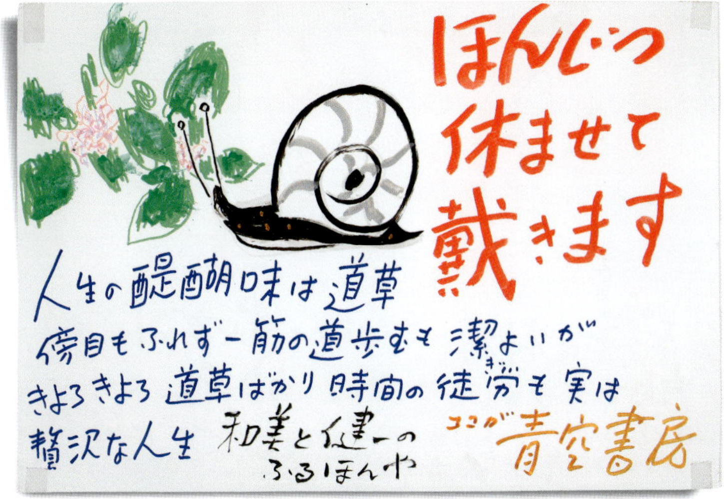

ほんじつ休ませて戴きます
人生の醍醐味は道草
傍目もふれず一筋の道歩むも潔よいが
きょろきょろ 道草ばかり 時間の徒労も 実は
贅沢な人生
和美と健一の
ふるほんや
ココが青空書房

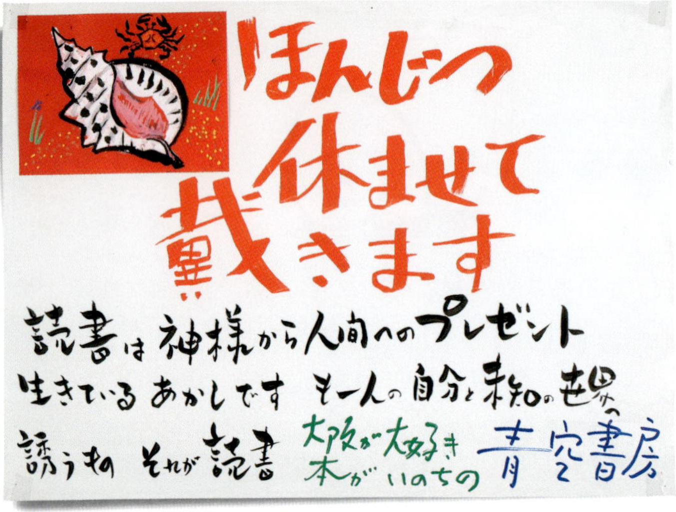
ほんじつ
休ませて
戴きます
読書は神様から人間へのプレゼント
生きているあかしです も一人の自分と未知の世界への
誘うもの それが読書
大阪が大好き
本がいのちの
青空書房

津波が すべてを浚い
地震が 町を裂きました
かけがえのないものが あっと云う間に
奪われました　それでも それでも
春が来ました 焦土に すっくと 桜の花が
咲きました 樹皮は剥られても まっ青な空に
爛漫と 咲きました
いのちが 芽生えて きています

かけがえのない いのちに かえて
かけがえのない 美しさ
人のやさしさ あたたかさ
厳しい試練の なか
支えあう 勇気と 逞しさ
今 日本は おかげで
ひとつになりました
敗戦のとき 10年 花は咲かない と 云われました
わたしは 祖国を信じます 思いやる勇気とやさしさ
それが 不屈のバネ になります

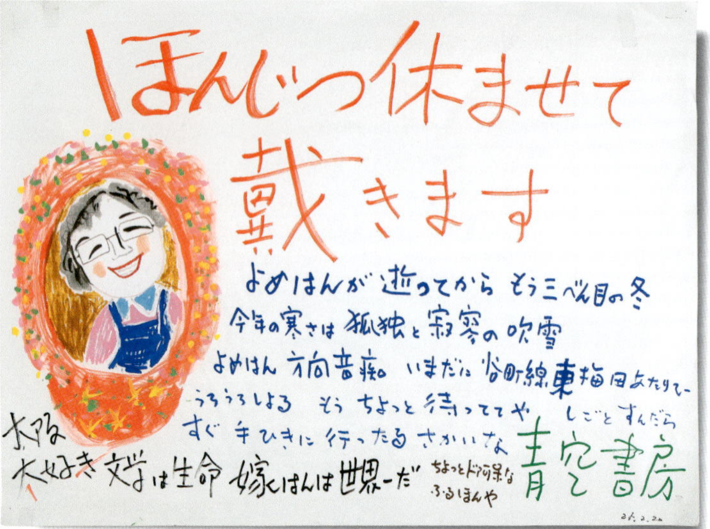

ほんじつ休ませて
戴きます
よめはんが逝ってから　そう三べん目の冬
今年の寒さは　孤独と寂寥の吹雪
よめはん方向音痴　いまだに谷町線東梅田あたりで
うろうろしよる　そう　ちょっと待っててや　しごとすんだら
すぐ手ひきに行ったるさかいな
本アホ
大好き文学は生命　嫁はんは𬤎ーだ
ちょっとド阿呆な
ふるほんや
青空書房

かしこいひと やさしさひと
よっといで
佐
ほんじつ
休ませて
戴きます
ひと日 ひととき いのちのしずく
わたしにはできなかった幸せをひとりでもわけて行かう
生命果てるまで読書 青空書房

だれにも一つの青空がある

大阪「青空書房」店主90歳、
休業ポスターに込めた人生の応援メッセージ。

2013年７月１日　初版第１刷発行

著者　さかもと けんいち

発行所　天理教道友社
〒632-8686　奈良県天理市三島町271
電話　0743(62)5388
振替　00900-7-10367

TENRIKYO DOYUSHA

印刷所　株式会社 天理時報社
〒632-0083　奈良県天理市稲葉町80

ISBN978-4-8073-0578-0